梅叶冬青诗选

赵冬青　著

中国文联出版社

梅叶冬青诗选，
是生命之歌，
是生命的火焰。

　　　——邗江退士浦生

赵冬青（1965—2005）

生命应该像火焰，
不必燃烧得长久，
而要燃烧得美丽。

—德国诗人海涅

序　言

冬青一生虽短暂，德智奇才实可赞。
磨难假象人不解，待吾破迷还本原。

梅叶冬青诗选的作者赵冬青（1965-2005），有许多特点。他心灵纯真，道德高尚，学习刻苦，创新超前。他用我们中华民族优秀独特的直接参同法破迷解难。在别人看来很棘手，无法解决的难题，请教冬青则迎刃而解，瞬间解决，创造了许多令人不可思议的奇迹。事实证明冬青绝非一般认识的聪明睿智，而是大大超乎人们的想象，是一位超凡脱俗，超越聪明，含而不露，没有被人认识，具有德智奇才的觉悟者。

耶稣受刑替人死，冬青磨难代天言。冬青短暂的一生，被许多磨难困扰。恰恰是这些磨难成就了冬青纯真无染，光辉灿烂的一生。无论在任何情况下，他始终以德为本，用自己毕生的精力，把真、善、美化作爱，无私地奉献给了父母、亲友、国家和宇宙世界。正如吾在挽联中对冬青的评价那样：

梅香百里，德如寒冬玉雪，洁净天地。
叶辉千年，慧结纯青硕果，参同永恒。

冬青是一个不可多得的德智超凡的奇才，他的早逝是一个不可挽回的重大损失。不过，我们可以从他的人生轨迹中，发现学习他的闪光点。从他留下的只言片语的诗作中，入其意境，认真探究参悟，定会捕捉到他那泄露天机，教育世人的醒世恒言，启发我们觉悟人生，奉献人生，得大智大慧，开人天潜能，创人间奇迹，造福宇宙和人民！若能如此，则幸甚。是为序。

真　一
2006 年 10 月 24 日

目　录

编者注

■ "梅叶冬青"是冬青自拟笔名。这首藏头诗，抒发了大气磅礴，胸怀大志和坚韧不拔的奋斗精神。"梅叶冬青"，即岗梅。灌木，根入药，味微苦甜，清热解毒。

梅叶冬青

1994 年 4 月 24 日

梅雪劲枝冽寒风，

叶芳多育点点红；

冬岭层层亦怀胸，

青山不老红绿中。

编者注

■ 诗中八怪指扬州八怪。

　　扬州八怪是中国清代中期活动于扬州地区一批风格相近的书画家总称，或称扬州画派。所以称他们为怪，是因为他们在作画时不守墨矩，离经叛道，奇奇怪怪，再加上大都个性很强，孤傲清高，行为狂放，所以称之为"八怪"。实际上，当时活跃在扬州画坛上的重要的画家并不止八人，约有十六、七人，"八"并非确数。

　　这首"扬州赞"是冬青1984年病后康复，随父回祖籍扬州参加祖坟迁址，而后循古人足迹游扬州。是年19岁。

扬州赞

1984 年春

扬州山水真天下，

观音打死李元霸；

平山堂上平山堂，

琼花观里观琼花。

石子铺路多繁华，

扬子江边帝王家；

八怪有奇乱中乱，

乱中美名传天下。

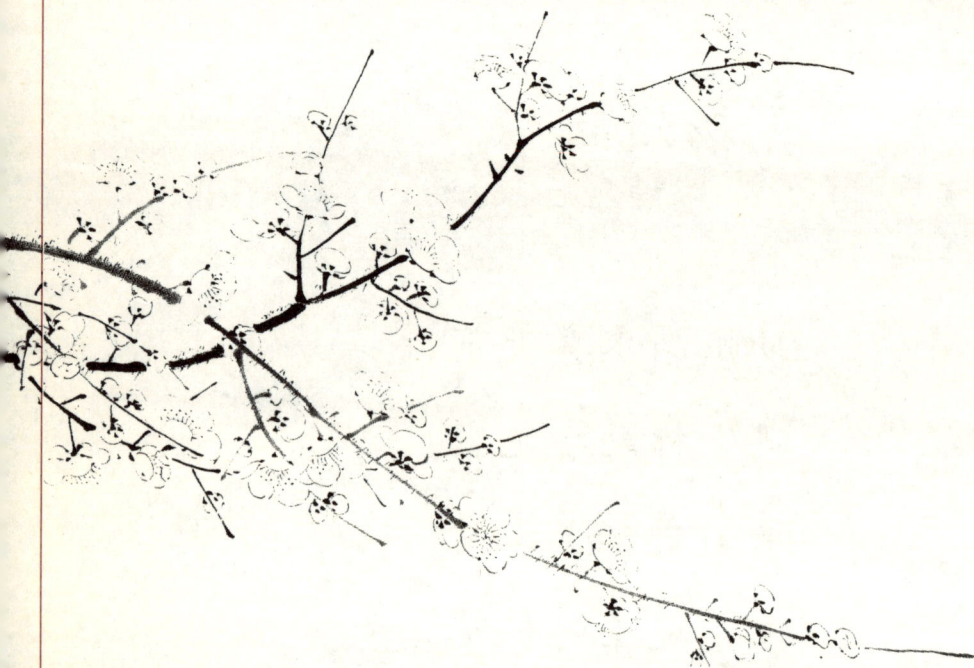

春节子夜即兴

1988年春节初一凌晨

子时钟打十二点，

爆竹声声连珠链；

快乐多少真快乐，

丰年定又是丰年。

子夜我就在桌前，

伏身提笔写新年；

下笔心潮多澎湃，

良辰美景是龙年。

梅叶冬青诗选

编者注

■ 万籁俱静亦是韵，作者端坐毗邻国贸的家中，闭目冥想。思天地相连紫楼高云之意境，心胸豁然，颇有群星环绕运行之感。

这首诗是冬青将由光华东里迁南郎家园新居前夕的即兴之作。此时冬青的外祖父母已接来北京。冬青心情很好，才思敏捷，提笔一挥而就。

端　午

1989 年端午节

蓝天压净土，

紫楼入高云；

我在家中坐，

群星绕我行。

编者注

■ 此时，冬青还在光华东里，外公外婆已接来北京。冬青的健康状况已渐好转，情绪也比较好。

风雨声中有感

1989年6月5日

小房小舍小地方，

无财无业无家产；

只有沧然一身穷，

独立风风雨雨中。

笑 穷

1989 年 8 月 1 日

一身布衣衫，

犹笑富豪酸；

人说世事艰，

本领全是胆。

发 奋

1989 年

十五发奋立学业，

九年生病不能成；

明日一定要读书，

实事求是行书海。

今生何日成大鹏，

历经世事做生涯；

精神奋发斗志高，

事业终生苦作舟。

编者注

■　古人云三十而立，冬青在二十七岁之时便已卓然有成。此诗展示了青年之奋发向上，锐不可当。

二十七岁记

1992 年 12 月 20 日

风云近三十，

一身功勋胆，

全无遇敌手，

人间又几人。

编者注

■ 冬青时常关心时事和社会的变化。联想自己疾病缠身，耽误了整整十年时间，落得两手空空，一身病痛。只能自我解脱，处之淡然。

十年后回想

1992 年初冬

艰难痛苦过十年，

七年豪富钱万千；

空手一身头还痛，

得来生死宜淡然。

编者注

■ 正心方能修身，进而齐家，治国，平天下。本诗从意志，抱负，身体，学识四个方面进行了探索，确定了修为的内容和方向。

修 身

韧而志弥坚，

雄心勃勃胆；

身穷同天地，

学问尽笑颜。

编者注

■ 冬青志向远大，胸怀宽广。惟其宽广仁厚，与友人各得其所，愿共享荣华于和谐世界。

赠友人

万里云任你驰骋，

千里路是我纵横；

试看江山持笑颜，

与君共享福禄寿。

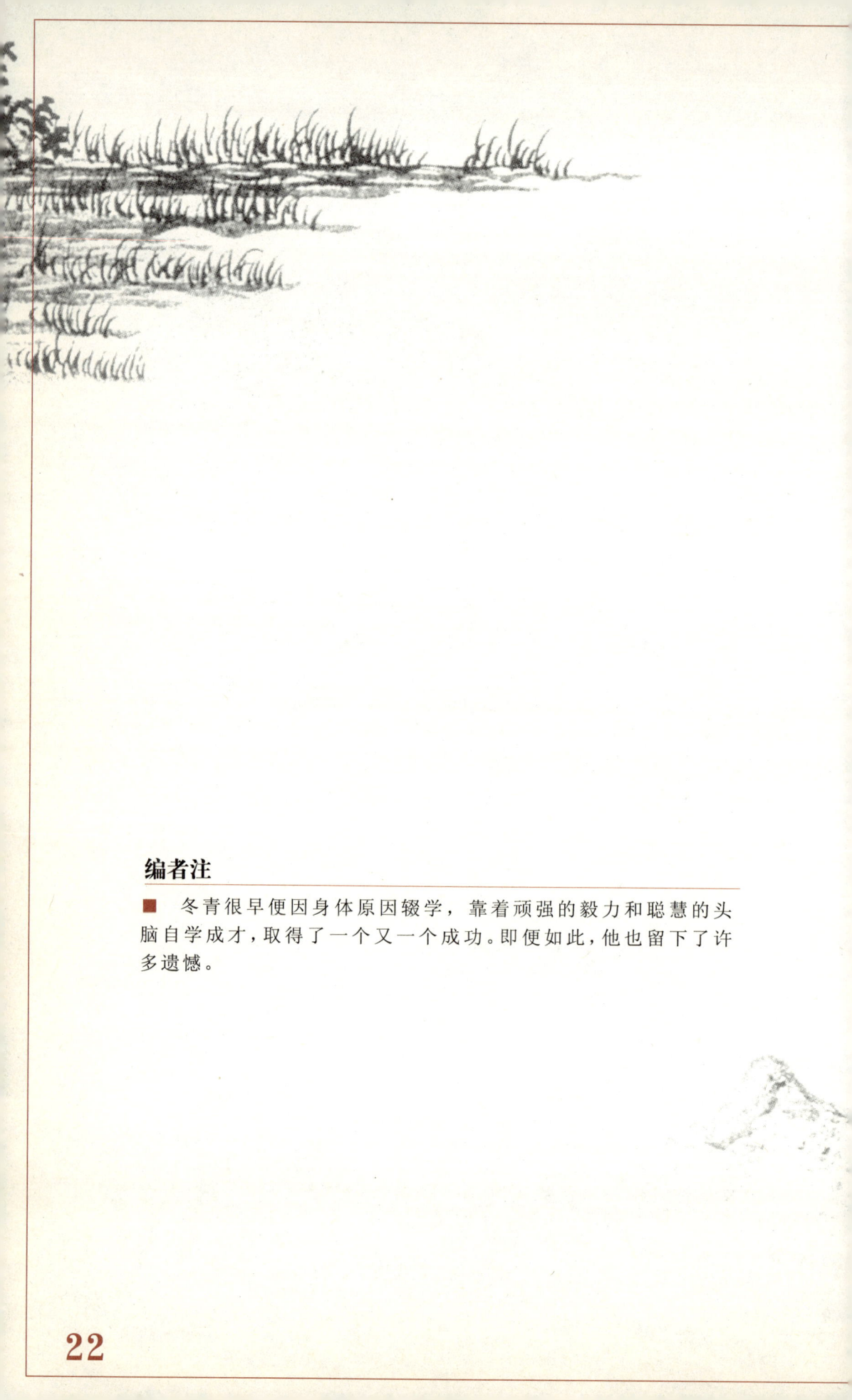

编者注

■ 冬青很早便因身体原因辍学，靠着顽强的毅力和聪慧的头脑自学成才，取得了一个又一个成功。即便如此，他也留下了许多遗憾。

学习事浮想联翩

1992 年仲冬

十年荒废难回首，

记人家留学挣钱；

苦中莲不可自言，

想本人壮志多年。

编者注

■　冬青身高1.86米。伟岸魁梧，厚德怀仁，才智超人，自
信顶天立地，正大光明。

顶天立地

1992 年 12 月 20 日

高有一丈余，

本是同字体；

智算更无比，

才大论天地。

编者注

■ 　　这篇"赞施树森公公"写于外祖父去世的当夜。外祖父97岁患胃癌，发现时已是晚期，住院治疗。老人一再要求回家。回家后临终前1-2天，疼痛厉害，医生打止痛针无效，冬青开中药止住了疼痛。老人家临终还一直对着冬青微笑。

赞施树森公公

1993 年 2 月 24 日夜

用一生的工整啊，

做一世的好人！

升天于罪恶的敌人，

去得如此坚强。

您在华贵中出生，

又在微笑中逝去；

立下了生命的丰碑，

这般壮烈又光荣。

编者注

■ 冬青以坚韧不拔的毅力，乐观主义精神，来迎接面前所有的困难。

二十九记志

志　者　当　坚，
坚　而　有　韧；
苦　中　求　乐，
长　而　弥　坚。

编者注

■ 　这是冬青病了十四年后，肯定了自己的胸怀和抱负，对自己的力量有相当的信心。

困境、述怀组诗二首 1996年

困 境
(一)

虎落平阳中，

失志十多年；

英雄由自身，

还我十万年。

述 怀
(二)

胸中自有苍穹在，

人到绝日敢述怀；

战天斗地十四载，

已可围猎狼心崽。

编者注

■ 这是冬青给女友的一首诗。

无题

1996 年春

病来无人嫁，

想起不伤心；

无妻也可过，

何必做黄金。

钻石人人抢，

枯木不逢春；

做人我凭心，

尊重你感情。

惜少女

黑眸碧珠青皮肤，

轻灵高佻留纯真；

欢欢喜喜多快活，

婀婀娜娜窈三春。

无 题

1995 年春节

怒恼父母无主张，

当年生我太荒唐；

走到人前直害怕，

属羊也比属兔强。

编者注

■ 这是冬青与属兔友人的游戏之作。

编者注

■ 这是冬青对开公司的透彻理解。对此，冬青还一语中的地指出"公司是赚钱的机器"。天下办公司者众，能彻悟者鲜。

开公司有感

1995 年

肚子里要有钢铁，

脑子里要有真理；

钢铁坚定真理呢？

面包、原子弹加礼教。

编者注

■　这是冬青为父亲生日的祝寿之作。短短二十个字点出了老人感受幸福的关键。并表达了"笑看人世间"的健康哲理。

祝爸爸六十五岁诞辰

1996 年 2 月 4 日

生日美而甜，

儿女在身边；

笑看苦与乐，

努力视为甘。

梅叶冬青诗选

编者注

■ 这是冬青在香港回归时，亲历了国家在北京工人体育场举办的庆祝大会，散会回家后，提笔一挥而就。

记香港回归

1997 年 9 月 9 日

炮声中庆典，

静悄里辉弘；

敌人在离岸，

祖国已团圆。

母亲受耻辱，

人民要解放；

粉碎反动派，

中华正富强。

编者注

■　　冬青己卯年生日适逢澳门回归，虽值初冬，春意盎然，欣然命笔，乃有斯篇。

诞辰述怀

1999 年 12 月 20 日

春风得意马蹄疾，

风驰电掣草披披；

人生如何去玩耍，

天天高兴过新年。

杂感组诗四首

1998年1月10日下午6：00-6：15一气呵成

（一）

见 解

今 生 不 言 钱，

做 人 凭 心 淡；

美 玉 不 侧 目，

雄 心 勃 勃 胆。

（二）

社 会

尔 为 图 名 利，

生 财 无 正 义；

有 钱 好 伟 大，

享 受 卖 身 去。

(三)

高绝人性

绝 人 极 天 色，

高 心 雄 勃 勃；

身 躬 及 天 地，

养 性 终 远 虑。

（四）

学 书

急　急　悠　悠　然，
解　意　刀　刻　间；
凡　事　多　留　释，
学　问　尽　笑　颜。

编者注

■　　1998 年武汉长江大水，江总书记领导全国人民抗洪救灾，冬青素来关心国家大事，看电视后有感，乃成此诗。

抗洪有感

1998 年 8 月 23 日

看乌龙翻身，

视蟒蛇汹涌；

江河万里滚，

七牛镇河妖。

编者注

■ 此诗表达了冬青对自己未来健康状况的担忧。

世纪末

1999 年 8 月

一千年许诺，

完美地结束；

新世纪太阳，

不再有光芒。

无 题

2001 年 6 月 23 日

千里风帆，万里航程，

故国神游，江山如画，

心想如意，万事更新。

人生之歌

我站在群山之巅，

望云海苍苍。

远处江海奔流，

近处高渊万丈；

看环宇茫茫，

像微尘渺渺。

想出红尘而微尘，

人生何等美妙，

何等辉煌！

编者注

■ 人生说到底是一个"情"字，冬青将人间无限真情凝为种种情结，又将种种情结点化为丝丝柳条上的节、节、节，出神入化。一池清水，环塘垂柳，无限情意！没有刻骨铭心的真情，很难读懂这首诗，更写不出这人间绝唱。

情塘柳组诗八首：

2000年11月13日下午5.10-5.30，冬青诗兴大发，仅20分钟，赋诗八首。文情并茂，读之催人泪下。

（一）

情塘柳

情为友，

情为夫，

情为节，

日复一日蛛网结。

丝丝柳，节节节，

节节新丝柳！

（二）

人 友

事节新丝柳，

放放才是新，

别友池塘新丝柳；

故宫故人长在，

故友有。

（三）

天 地

天地之大，
无奇不有，
宇宙之中，
天天日月。
新闻文趣，
日新月异，
天独奇中。

梅叶冬青诗选

（四）
母 亲

母亲大人，天自中日，

长望相守，字字句句，

语重心长。

日无二主，天无二日，

母亲之心。

母亲之心，很奇特爱，

见母亲心慰。

母爱其美，

不可言述。

父 爱

三山有石，父爱也。

父爱有三：

爱儿，

看儿，

亲儿。

（六）
妻 子

爱妻娇，

爱妻友，

爱妻才华，

非它。

编者注

■ 冬青自幼称外祖父母为公公婆婆（南方方言）。诗中的祖父祖母，即外祖父母。外祖父施树森，是邮局高级职员，清正廉洁，忠厚朴实，工作认真。九十高龄后，在北京由冬青侍奉养老，克尽孝道。由此，家庭在1996年被授予北京市朝阳区五好家庭称号。外公享年97岁，外婆享年99岁，是地区长寿老人。

（七）

祖 父

——施树森老人

祖父仁爱，

呵护有加；

在其身后，

尤其幸福，

温暖。

梅叶冬青诗选

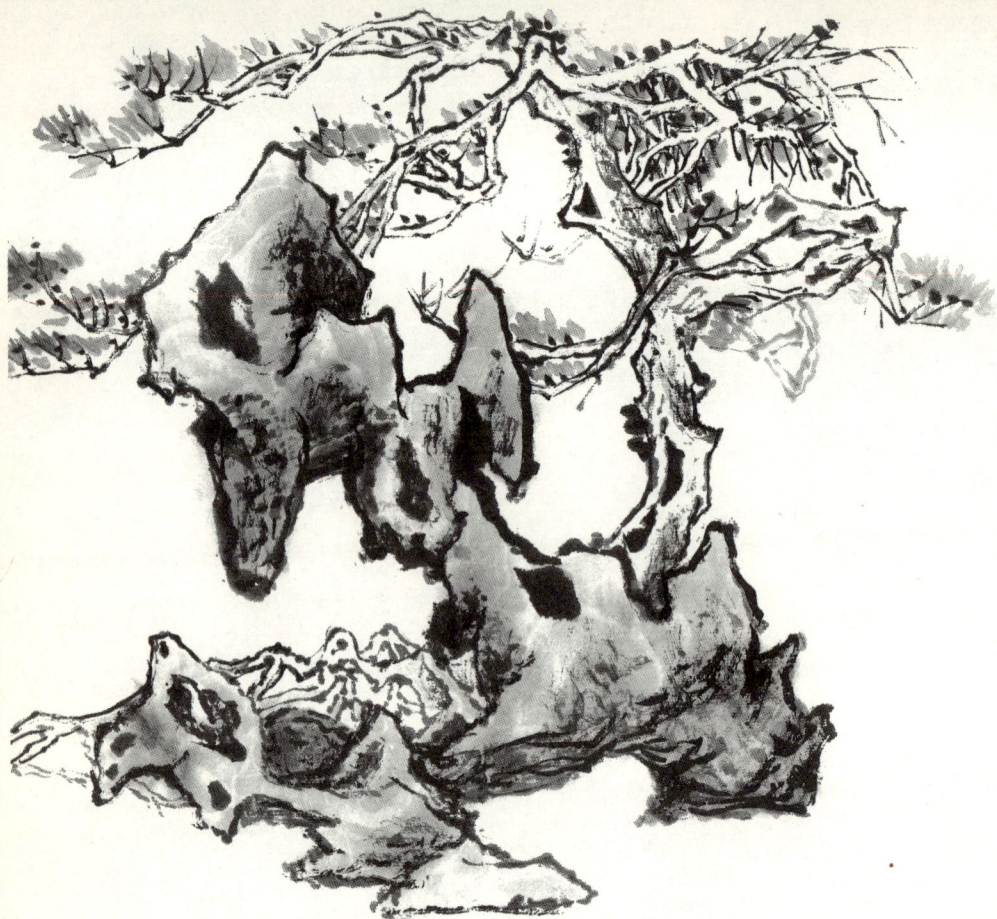

编者注

■ 冬青的外祖母孙镜之老人，自幼失怙。聪明好学，下笔成文，出口成章。善良仁厚，亲属邻里，极为和睦。1938年抗战以前，外祖父任高淳县邮局局长，外祖母勤俭持家，节省了200块银元，赞助办了一个医院，解决当地看病难问题。冬青自幼在外祖母家成长，对老人感情极深。

祖 母

——孙镜之老人

祖母大人，

其极亲密感，

无限幸福可亲，

安全，

老外婆为亲爱感受。

编者注

■ 冬青胸怀宽广博大。他以报效祖国人民，报答父母恩情为动力，艰苦奋斗，勇往直前。

抒 怀

笑 看 人 间 事，
何 必 出 红 尘；
牢 记 父 母 恩，
犹 做 飞 腾 人。

训 记

行动指南

论人生
人生不在于索取，而在于贡献。

论学习
学习不是个人的本钱，
是为人民服务的工具。

学习方法
勤奋＝成功

生 活
身体是革命的本钱。

赵冬青同志生平

(1965--2005)

赵冬青，1965年12月20日出生于北京，祖籍江苏省扬州市。在中小学阶段，品学兼优，聪明，好学，一直是三好学生，共青团员，班长。英俊、帅气、大方，身高1.86米。1982年因病休学。1983年参加工作。

赵冬青同志，忠厚朴实，品德高尚。热爱祖国，关心国际国内大事。在学校，尊重师长，关心同学。在单位，尊重领导和同事，群众反映好。在家庭，因他孝顺外公外婆和父母，家庭获得朝阳区五好家庭称号。在长辈和亲朋中，为人受到广泛赞誉，被称为好青年。

自参加工作以来，赵冬青长期坚持自学，涉猎科学技术、中医、文学、法律诸多领域，知识渊博，悟性极高，对于许多难题，信手拈来，在有关学科取得了一系列显著成就：

一．1992年参加国防科工委攻关项目，取得了突出成就。

1991年国防科工委亚微米大规模集成电路曝光机精密工作台攻关项目上马。1992年制造完毕，精度不稳定。有关专家开专题会议，赵冬青偶然列席，提出了用青花岗岩为底座平台，并采用无变形胶接法稳定精度，一举解决了热变形、机械变形等问题。1993年6月8日国防科工委组织中国科学院、国家计量院、清华大学和国防系统有关权威专家进行鉴定。结论指出，这是一个世界首创的设计方案，保证了精密工作台极高的精度和高真空的吸气性能要求。经国家计量院检测，该工作台机械精度居国内领先地位，达到国际先进水平。这个设计方案，经国家专利局检索证实是国内外首创。1994年底获得了省科技进步二等奖。赵冬青以此项目的重要发明人载入成果证书，并获得了省部级国家奖金。

二．申请了五项发明专利、一项实用新型专利。

1. 加强型防火防盗保险箱　　　　专利号：942464168
2. 保险箱防火隔热漂珠复合耐火材料　专利号：951013637
3. 防电磁透视复合技术　　　　　专利号：951013645
4. 纺织品等线、丝、纱的处理　　专利号：95117426.6
5. 一种熨衣定型喷雾剂　　　　　专利号：961047070
6. 森林空气的罐装及其制备方法　专利号：97.112238.5

三．做为发明人在国际国内获得了重要而广泛的荣誉。

1. 1996年经编委会选拔作为发明家列入《中外名人词典》。

2. 1996年森林空气（含疗效空气）的瓶装罐装和人工制备技术和熨衣定型喷雾剂专利入选《世界优秀专利技术精选（中国卷）》，并获技术顾问资格证书。该精选由香港新华通讯出版社出版。

3. 1998年森林空气发明专利获得国际尤里卡发明奖，颁有证书。

4. 1997年9月美中友好协会特邀作为中国杰出人士赴美访问团成员，并在美国首都颁发美国"荣誉市民"证书。

5. 专利入选2000年《中华优秀专利技术精选》。

6. 2000年入选《中国专利发明人大全》——国家知识产权局出版。

此外尚有邀请赴美参展美国爱迪生博览会等国际活动。多年来香港、澳门、北京、上海、广东、江苏和全国各地要求转让专利和邀请参加专利技术交易活动的来函应接不暇。

四．在中医学内外科和按摩方面的若干成就。

钻研《本草纲目》、《医宗金鉴》、中医大学教材，打下了深厚的中医学根底，曾轻易治愈经名中医西医久治不愈的老年哮喘、老年便秘，多年雨季严重足部腿部皮炎。并以心理治疗治愈了久治不愈的中年阳痿。因一岁、四岁时冬青有过两次胳膊脱臼，自己就注意学按摩，成人后自己找了一本按摩书看，从此学会了按摩，扭筋、落枕，手到病除。

五．自学成才，在民事诉讼方面的成就。

1993年，冬青买了一套三本的大学法律基础教材。一天就通览完毕，说"我学完了"。令人难以置信。随后，有一家公司，因挂靠纠纷，对方坚持罚款￥30,000元。冬青看了一遍原协议，就说对方未办成经营许可证，无法开业。因此，第一，没有造成经济损失，不能立案 ；第二，原协议规定如违约，新公司利润的50%罚归对方。现在未开业，没有利润，哪来罚款。这两条法务意见转告对方后，对方哑口无言，一场官司不了了之。

冬青的一生，是品德高尚的一生，才智过人的一生。作为病人，他做出了惊人的成绩。他在短暂的一生中，念念不忘的是回报祖国、回报亲友。直到临终，他是在喃喃的"我不在了，爸爸妈妈怎么办？"声中离开人世的。

他有一颗真诚的善良的心！

爱子赵冬青告别会致辞

各位亲友和同事们！

首先，让我代表全家向前来参加赵冬青告别仪式的各位和各地关心冬青、未能前来的亲友们表示深深的感谢！

赵冬青是一个忠厚朴实，德才兼优的好青年。这是已故中办徐永元局长九年前对冬青的评价，也是亲友和同事们对冬青的中肯的评价。

赵冬青是一个品德高尚，处处为人着想，很重感情的青年。

他继承了中华民族的传统美德。热爱祖国，关心国际国内大事。在病中，常想到的是政治、经济、国防事业，有一种拳拳爱国之心。

在学校，尊重师长，爱护同学。在单位，尊重领导和同事，群众反映好。在家庭，因他孝顺外公外婆和父母，家庭曾获得朝阳区五好家庭称号。在长辈、亲朋和邻里间受到广泛赞誉。在病中常想要自立，要瞻养父母，孝敬外公外婆。临去世前，反复念叨"我不在了，爸爸妈妈怎么办？"。我们一再安慰他，难以让他改变这种挥之不去的思考和深情。

赵冬青是一个天资聪明，才气横溢，谦虚好学的青年。在学校，一直是三好学生，成绩优秀，数次获得东城区数学和物理奥林匹克竞赛奖。1982 年因病休学参加工作后，长期坚持自学，涉猎科学技术、中医、文学、法律诸多领域，知识渊博，悟性极高，超越了常人的思维，创造了许多令人不可思议的奇迹，在有关学科取得了一系列显著成就。参加国防科工委攻关项目，作为有重要贡献的人员，被授予省部级奖金。并拥有五项发明专利和一项实用新型专利，受到国内外权威机构重视。在中医领域，治愈了一些疑难病症。在文学上，出口成章，下笔成文，颇有文采。在此不一一列举。

赵冬青是一个"追求卓越，生命不息，奋斗不止"的青年。特别是自1982年患病以来，表现了出顽强的奋斗精神，跌倒了，爬起来，再前进，是非常可贵的，并且做出了常人难以想象的成绩。第一阶段康复后，参加工作四年中，自学了钳工、精密机械和机械原理，机械维护，工作表现很好，获得各方面的好评。第二阶段康复后，通过自学，掌握了科学技术、中医、文学、法律等学科的知识，技术攻关，发明创造，一发而不可止。

亲爱的冬青儿！你英年早逝，家庭失去了精神支柱，国家失去了一个可以造就的人才。倾东海之水，难以冲刷我们心中刻骨铭心的悲痛。我们为有这样一个儿子而自豪。人生苦短，来日无多，我们要好好学习你崇高的品德和好学上进，奋斗不止的精神。

亲爱的冬青儿！安息吧！

亲爱的冬青儿！永别了！

大家在为你送行。你会永远活在爸爸妈妈和大家的心中。在亲友们和社会有关方面的支持下，我们一定努力完成你未竟的科学技术和医学事业。

天上人间，爸爸妈妈会永远和你在一起！

2005 年 10 月 25 日于北京

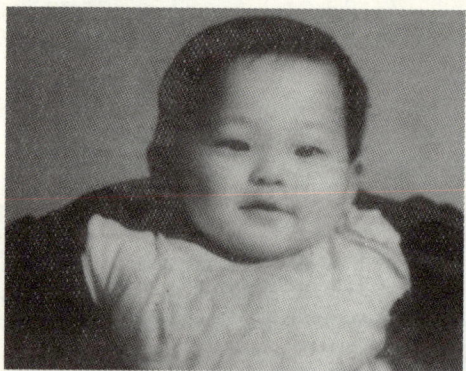
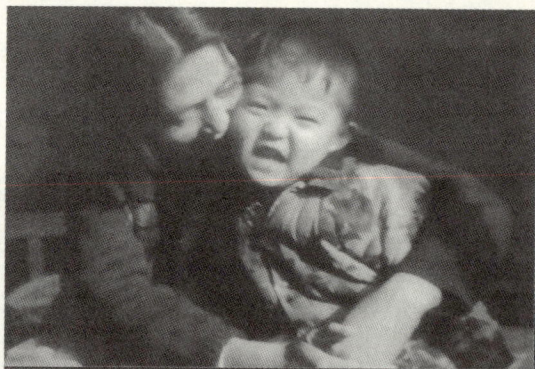

	1	2
3	4	5
	6	7

1-4　作者童年时代
5-7　作者青年时代

		1	2
3	4	5	
		6	7

1　作者与母亲
2　作者与父母
3　作者与父亲
4　作者外公
5　作者外婆
6　作者与父母、外公外婆
7　作者与父母、姐姐

75

图书在版编目（CIP）数据

梅叶冬青诗选／赵冬青著．－北京：　中国文联出版社，
2007.9

ISBN 978－7－5059－5640－7

Ⅰ.梅…　Ⅱ.赵…Ⅲ.诗歌－作品集－中国－当代

Ⅳ.I227

中国版本图书馆 CIP 数据核字(2007)第 122762 号

书　　名	梅叶冬青诗选
作　　者	赵冬青
出　　版	中国文联出版社
发　　行	中国文联出版社 发行部　(010－65389152)
地　　址	北京农展馆南里 10 号(100026)
经　　销	全国新华书店
责任编辑	刘　旭
责任校对	朱小芳
责任印制	李寒江
印　　刷	北京百花彩印有限公司
开　　本	787×1092　1/16
印　　张	5.25
插　　页	2 页
版　　次	2007 年 9 月第 1 版第 1 次印刷
书　　号	ISBN 978－7－5059－5640－7
定　　价	20.00 元

您若想详细了解我社的出版物
请登陆我们出版社的网站 http://www.cflacp.com